FABLES NOUVELLES.

FABLES NOUVELLES.

Par M. B***.

« Les fables ne sont pas ce qu'elles semblent être ;
« Le plus simple animal nous y tient lieu de maître.
« Une morale nue apporte de l'ennui :
« Le conte fait passer le précepte avec lui.

La Fontaine, tom. I, liv. 6, fable 1.

DIJON,

DE L'IMPRIMERIE DE FRANTIN, IMPRIMEUR DU ROI.

1824.

FABLES NOUVELLES.

FABLE Ire.

Le Moissonneur et les Glaneurs.

Au temps jadis un moissonneur
Bon homme et cependant habile,
Dans un champ immense et fertile,
Cueilloit à pleines mains les fruits de son labeur,
Et de ses récoltes superbes,
Dans ses riches greniers il entassoit les gerbes.
Sur ses pas, mais de loin, plus d'un heureux glaneur,
Animé d'une ardeur pareille,
De beaux épis dorés a rempli sa corbeille.
Pour glaner à mon tour, j'arrive le dernier ;
Le moment n'est pas favorable,
Mais le champ est inépuisable,
Et j'aurai quelques grains pour mon petit panier.

FABLE II.

Le Chien maigre et le Chat gras.

Un chien barbet suivoit par-tout les pas
D'un commis mal payé qu'assiégeoit la misère,
Partageoit son vieux galetas,
Et seul convive admis à ses repas,
Avec lui faisoit maigre chère.
Dans la même maison, cinq étages plus bas,
Vivoit un beau matou, l'Épicure des chats,
Dont la fourrure blanche et fine
Pouvoit le disputer à la plus belle hermine ;
Fréquentant le salon, caressé, gros et gras,
En paix avec chacun, et même avec les rats.
Les deux voisins vivoient en bonne intelligence.
Le chien n'étoit ni jaloux, ni grondeur ;
Le chat, malin au fond, doux par insouciance,
Étoit trop paresseux pour être querelleur.
Un certain soir que sur la brune,
Il alloit en bonne fortune,
Il rencontre le chien : Bon Dieu ! voisin barbet,

Dit-il , quelle maigreur ! comme te voilà fait !
Mais c'est ta faute aussi ; tu suis un pauvre diable
De qui l'habit usé , l'allure et le maintien
   Annoncent l'état misérable.
On fuit comme la peste un homme qui n'a rien.
   De fidélité tu te piques ?
   C'est la plus sotte des vertus ;
   Personne aujourd'hui n'y croit plus ,
   Demande aux fameux politiques.
J'ai vu se succéder sous ces riches lambris
Six maîtres différens, mais tous grands, magnifiques;
Aussi suis-je resté très fidèle . . . au logis.
   C'est là , mon cher , le bon systême.
   Veux-tu m'en croire ? fais de même :
   Ce soir ici l'on donne un grand festin ;
   Viens avec nous faire bombance ,
   Demeure où règne l'abondance ,
Et laisse-là ton gueux mourir tout seul de faim.
Tes conseils, dit le chien, sont d'un lâche et d'un traître ;
   Plus de commerce entre nous désormais ;
   Va , retourne dans ton palais,
   Moi, je vais rejoindre mon maître.
   A ces mots, dans l'humble grenier ,
   Il remonte d'un pas agile.
  En le suivant de l'œil sur l'escalier ,
   Le chat disoit : Oh l'imbécille !

Suivant d'habiles gens qu'on devine aisément,
La constance, le dévouement
Sont gothiques et ridicules.
Vivent les favoris du sort !
Les malheureux ont toujours tort.
Mais certains bons Gaulois bien simples, bien crédules,
Hérissés de leurs vieux scrupules
De franchise et de loyauté,
Font dire encore : Honneur à la fidélité.

FABLE III.

Le Serin.

Avec l'âge changeant de goûts et de désirs,
La jeune Élise oublioit sa poupée,
Et ne paroissoit occupée
Que d'un joli serin qui charmoit ses loisirs.
Parmi cent de cette famille
Elle-même l'avoit choisi
Vif, sémillant, huppé, d'un beau jaune jonquille.
Elle appeloit mignon le nouveau favori.
Dans un salon bien chaud, une élégante cage
Présentoit à l'oiseau chéri
Tous les besoins de son ménage ;

Pour sautiller le jour et reposer la nuit ;

Perchoir mobile à triple étage ;

Ample provision de mil et de biscuit ;

Eau limpide dans sa baignoire,

Tapis de sable fin, dôme de frais mouron.

Avec tant de biens comment croire

Qu'il manquoit quelque chose au bonheur de Mignon?

Le désir de l'indépendance

Troubloit seul un destin si beau :

Goût dangereux, jadis bien fatal à la France,

Et qui faillit perdre aussi notre oiseau.

Au retour du printemps voyant les hirondelles

De l'espace azuré sans contrainte jouir :

Je pourrois, disoit-il, planer là haut comme elles ;

L'air est mon élément ; mais hélas, de mes aîles,

Malheureux prisonnier, je ne puis me servir.

Occupé de cette pensée,

De s'échapper il guette le moment,

Il le trouve, en profite, et part étourdiment,

Sur une aile non exercée

Avec effort se soutenant.

D'abord tout lui plaît, tout l'enchante,

Il est libre, il fend l'air, quel bonheur est le sien !

Cette existence indépendante

Lui paroît le souverain bien.

Mais bientôt au plaisir vient succéder la peine,

Mille maux imprévus l'assiègent à l'envi ;

  Il sent le froid et point d'abri ,

  Il a faim et pas une graine.

Abusant de sa force un insolent moineau

  A grands coups de bec le maltraite ;

Un enfant le poursuit , un vieux matou le guette ,

  A chaque pas , danger nouveau.

  Alors il regrette l'asile

  Qu'il aperçoit encor de loin ,

  Où choyé , caressé , tranquille ,

  Il vivoit libre de tout soin.

Tourmenté par la faim , accablé de fatigue ,

  Comme un nouvel enfant prodigue ,

Honteux et repentant , il revient au logis.

  Je laisse à penser l'alégresse

Que causa son retour à sa jeune maîtresse.

Bien perdu qu'on retrouve acquiert un nouveau prix.

Pour n'en sortir jamais , il rentra dans sa cage ,

Y trouva l'abondance avec la sûreté ,

Et préféra dès-lors son paisible esclavage

  Aux dangers de la liberté !

~~~~~~

FABLE IV.

Le Brochet, l'Anguille et la Truite.

D'un torrent, l'anguille et la truite
Remontoient les flots écumeux.
Un vorace brochet étoit à leur poursuite ;
  Elles nageoient à qui mieux mieux.
Voilà qu'en leur chemin se trouve une cascade ,
Qui de cent pieds de haut tombe avec grand fracas ;
Il faut rétrograder ou tenter l'escalade ;
  La truite ne balance pas.
  Pour se tirer d'un mauvais pas ,
Vivent les gens de cœur ! Leste autant qu'intrépide,
Elle saute au milieu du tourbillon humide ;
On la voit s'élever , tantôt se roidissant ,
  Et tantôt s'élançant ;
Enfin à coups pressés sa nageoire argentée ,
  Bat le flot bouillonnant,
  Et la cascade est remontée.
  Que fait l'anguille en ce moment?
  Elle se cache dans la fange.

Belle précaution ! le brochet l'y surprend ;
 Se jette sur elle et la mange.

 Vient-il un moment périlleux,
 N'écoutons qu'un noble courage ;
 Le parti le plus généreux
 Est presque toujours le plus sage.

FABLE V.

Le Lac, le Torrent et la Rivière.

Admirez ma tranquillité ,
Disoit un jour le lac ; ma paisible surface ;
 Unie ainsi qu'une glace ,
 Est l'emblême de la bonté.

 Admirez ma vivacité ,
Dit alors le torrent ; tout cède à mon passage ;
 Ma course brillante est l'image
 De la force et de la fierté.

 L'été vient ; pendant sa durée ,
 Vaste foyer d'infection ,
 Le lac , par toute la contrée ,
 Répandoit la contagion.

L'hiver succède , et, par la pluie,
Du torrent la source grossie,
Précipitoit avec fracas
Ses flots, qui dans les champs faisoient mille dégâts.

Cependant la rivière , avec soin encaissée ,
Dans tous les temps roulant en paix
Son eau, jamais dormante, et jamais courroucée ,
Marquoit son cours par ses bienfaits.

Gardons-nous d'un calme apathique ,
Évitons d'imprudens excès ;
C'est à la sagesse énergique
Que sont réservés les succès.

FABLE VI.

La Fumée.

QUAND tout rampe sur la terre ,
Disoit la fumée un jour ,
Seule j'atteins du tonnerre
L'inaccessible séjour.

Et voilà que l'orgueilleuse,
Loin de son foyer brûlant,
S'élançoit impétueuse
Aux plaines du firmament.

Mais bientôt dans l'athmosphère,
L'épais et noir tourbillon
Se change en vapeur légère,
Qui trace à peine un sillon.

Jouet du vent qui la chasse,
Parmi des cieux inconnus,
Elle se perd dans l'espace,
L'œil la cherche, elle n'est plus.

Passagère comme un rêve,
La faveur nous éblouit.
Vain éclat ! Ce qui s'élève
Ou tombe, ou s'évanouit.

FABLE VII.

La Mouche sur la vitre.

Sur la vitre d'une croisée,
Descendant, remontant, s'épuisant en efforts,
Une mouche mal avisée
S'obstinoit à vouloir s'échapper au dehors.
Rien de plus fou que ta persévérance,
Lui dit quelqu'un ; sot animal,
Ne vois-tu pas que ce cristal
T'opposera toujours la même résistance ?
Tu perds ton temps à voltiger.

Que de gens que l'expérience
Avertit sans les corriger !

~~~~~~

FABLE VIII.

L'Innocence et le Repentir.

On dit que la vertu, dans son palais, un jour ;
     Voulut réunir sa famille.
Dès le matin paroît l'innocence sa fille ,
Qu'accompagnent de loin le respect et l'amour.
     Des mains de la pudeur ornée ,
     De roses blanches couronnée
     Et tenant un lis à la main ,
Elle entre ; quel œil pur ! quel front calme et serein !
     En la voyant aussi parfaite ,
     La vertu tendrement sourit
     Et tout le palais retentit
     De chants de triomphe et de fête.
     Le soir arrive un inconnu
Pâle, qui lève au ciel une paupière humide,
Et s'avance d'un pas incertain et timide ,
Comme s'il redoutoit de n'être pas reçu ;
Dans ses traits est empreinte une douleur amère.
Ah ! c'est le repentir que j'ai tant attendu ,
     Dit avec douceur la vertu,
Ne le rebutez pas , je suis aussi sa mère.

FABLE IX.

Le vieux Bosquet.

Ces arbres mutilés, difformes, caverneux
    Depuis long-temps blessent mes yeux ;
Que la hache, à l'instant, les fasse disparoître ;
    Qu'un nouveau bosquet soit planté.
Entouré de ses gens, ainsi parloit un maître,
    Et son ordre est exécuté.
    De la scie et de la cognée,
Les travailleurs au loin font retentir le bruit :
Tout tombe sous leurs coups, et dans une journée
    L'ouvrage d'un siècle est détruit.
Il n'est plus ce bois sombre, asile du mystère ;
L'oiseau demande l'arbre où reposoit son nid,
    Et le promeneur solitaire
    Cherche en vain l'ombre séculaire
Qui le garantissoit des ardeurs du midi.
Au troisième printemps un chapeau de verdure
    Couvre à peine le jeune plant :
    Le maître accuse la nature
    Qui travaille si lentement.

2 *

Que de fois, fatigué par un soleil brûlant,
　　Il regretta l'épais feuillage
De son ancien bosquet! Avant que le nouveau
　　Pût lui donner autant d'ombrage,
　　Il descendit dans le tombeau.

Vouloir tout réformer est le tort de notre âge ;
De ce qui fut jadis nous ne respectons rien ;
　　Qu'est devenu le vieil adage :
　　Le mieux est l'ennemi du bien ?

FABLE X.

Les Fleurs d'hiver.

Je n'aime point ces fleurs que, sans l'aveu de Flore,
　　Des salons les foyers brûlans
　　Au mois de Janus font éclore :
Elles n'ont point l'éclat de celles qu'au printemps
　　Le soleil parfume et colore.
　　On veut, par un caprice vain,
A la nature en deuil arracher un sourire.
Le retour des beaux jours est-il donc incertain,
　　Pour so liciter de Vulcain
　　Ce que doit accorder Zéphire?

Mortels, qu'on voit toujours avides de jouir,
  Ne devancez pas l'avenir;
Laissez faire le temps, sans relâche il travaille;
C'est un bon ouvrier, on le trouve un peu lent,
  Il arrive au but cependant;
Quand on presse sa marche, il ne fait rien qui vaille.

~~~~~~

FABLE XI.

L'Enclume et le Marteau.

L'ENCLUME au marteau dit un jour :
De recevoir tes coups à la fin je suis lasse,
  Je prétends frapper à mon tour.
Folle, dit le marteau, réprime cette audace;
Tu fais bien ton métier, tu ferois mal le mien.
  Pour que les choses aillent bien,
  Restons chacun à notre place.

~~~~~~

FABLE XII.

Les Arbres, les Arbrisseaux et la Haie.

Au souverain maître des Dieux
Les arbrisseaux d'un parc adressèrent leur plainte.
Les arbres, disoient-ils, géans présomptueux,
Veulent tout dominer dans cette vaste enceinte :
Leur feuillage touffu nous dérobe les cieux ;
  Leurs racines nous font la guerre ;
Les bienfaits d'un air libre et les sucs de la terre
  Ne sont-ils donc faits que pour eux ?
  Punissez-les, Dieu du tonnerre,
  Que ces oppresseurs insolens
Sous le fer tombent tous, point de grâce aux tyrans.
Ainsi le bois taillis accusoit la futaie.
  Bientôt on entendit la haie
  Qui, des arbrisseaux se plaignant,
  Trouvoit fâcheux leur voisinage
  Et prétendoit que leur ombrage
  Nuisoit à son accroissement.
Les arbrisseaux alors changèrent de langage :

Jupiter, dirent-ils, ce discours nous outrage,
    N'écoutez pas ce vil buisson,
    De la forêt triste avorton,
    Qui de murmurer a l'audace;
Châtiez la révolte, aux mutins point de grâce.

Qui ne reconnoît là ces tribuns orgueilleux,
Fiers avec les petits et des grands envieux,
    Foudroyant de leurs anathêmes
L'odieux despotisme et despotes eux-mêmes;
    Ennemis de l'autorité
    Quand le pouvoir leur est ôté!
    Cette manière assez commode
    D'interpréter l'égalité
    Naguère étoit fort à la mode.

FABLE XIII.

La palinodie du Loup.

Un vieux loup dans les bois, prêchoit un jour la guerre.
De tyrans, disoit-il, il faut purger la terre;
Exterminons les chiens, et sur-tout les bergers;
    Bravons fatigues et dangers

Pour ce noble dessein , digne de notre audace ;
De tous les ennemis des loups
Jurons d'anéantir la race ,
Et qu'il ne reste plus que les moutons et nous.
L'assemblée applaudit à cette philippique
Par un hurlement général :
D'un grand effort de rhétorique
Il n'étoit pas besoin pour l'engager au mal.
Voilà donc nos loups en campagne :
Dans la forêt, sur la montagne
Et dogues et mâtins par eux sont mis à mort ;
Maint berger a le même sort.
Des brigands chaque jour augmente la furie ;
La soif du sang s'accroît par le sang répandu.
De cette horrible boucherie,
Bientôt circule au loin le bruit inattendu.
Les villageois à la fin se ravisent :
Par les conseils d'un bon vieillard ,
Ils s'assemblent , se coalisent ;
Ce que les gens de bien font souvent un peu tard.
Une battue est ordonnée ;
De tous côtés la forêt est cernée.
Des loups que l'on serre de près,
S'évanouit l'ardeur guerrière ;
Ils regagnent tous leur tannière,
A d'autres temps ajournant leurs projets.

Délaissé par ses camarades ;

Le prédicateur de croisades,

Qui ne pouvoit pas fuir , étant infirme et vieux,

Change en ton patelin son accent belliqueux ;

Et se présentant comme otage ,

De sentimens d'humanité

Il fait un pompeux étalage :

On diroit , à l'entendre , un ange de bonté.

Messieurs, dit-il , je viens proposer un traité;.

Trop de sang a coulé , suspendons le carnage ,

Qu'une franche amitié nous unisse à jamais !

C'étoit un spectacle risible

De voir messire loup doucereux et sensible,

D'un ton dolent hurler la paix.

Mais sans égard pour sa supplique

Les chasseurs irrités lui percèrent les flancs.

Ils n'étoient point sans doute de ces gens

Dont l'humeur devient pacifique

Quand on fait la guerre aux méchans. *

---

* Cette fable a été composée au moment où l'on délibé-
roit sur la guerre d'Espagne.

FABLE XIV.

Le Renard catalan.

Terreur des basses-cours, un renard fin matois,
Sur les bords du Ter et de l'Ebre
S'étoit rendu long-temps célèbre
Par ses sanguinaires exploits.
Pour mettre un terme à son audace,
On s'arme, on lui donne la chasse.
Il est débusqué d'un terrier,
Et d'un ravin, et d'un hallier;
On le poursuit de place en place.
On croit le tenir, il est loin :
S'enfonçant dans les bois, gravissant la montagne,
Il court, grimpe, se glisse, et sur-tout avec soin
Évite la rase campagne.
Les chasseurs sont mis en défaut
Malgré leur vigilance extrême,
Et l'infatigable Brifaut
A perdu la piste lui-même.
Cependant du renard les dignes partisans,

Loups , blaireaux , sangliers , animaux malfaisans ;
Fiers d'un si beau succès, chantent gaîment victoire.
On ne l'a point forcé , disent-ils , quelle gloire !
    Vive à jamais notre héros !
Aux honneurs du triomphe il a droit de prétendre ;
Dans l'art de s'évader il n'a point de rivaux ,
    Et des fuyards c'est l'Alexandre.
Tandis que ses amis le proclamoient vainqueur ,
    Que faisoit l'habile coureur ?
    Il se cachoit dans son repaire ,
Sanglant, à demi-mort de fatigue et de faim ,
    Maudissant son triste destin ,
Et méditant le mal qu'il pourroit encor faire. *

~~~~~~

FABLE XV.

Le Laurier et L'olivier.

Parure du génie, ainsi que du courage,
Justement glorieux d'un si noble destin ,
L'arbuste de Daphné voyoit avec dédain
    L'olivier au pâle feuillage

---

* On n'a pas oublié le rôle que le général Mina a joué
dans la campagne de Catalogne, de 1823.

Son concurrent et son voisin ;
Et faisant le détail de ses titres de gloire :
Je suis cher, disoit-il, aux filles de Mémoire ;
Pour son sang répandu, l'intrépide guerrier,
     Le savant pour ses doctes veilles,
L'artiste créateur des plus rares merveilles
     Ne demandent qu'un beau laurier.
Mais quoi ! n'a-t-on pas vu dans les champs d'Ibérie,
     Se signalant par ses exploits,
     Vengeur de la cause des rois,
Bourbon, pour me cueillir, prodigue de sa vie ?
     Triste olivier, foible rival,
Oses-tu bien encor te dire mon égal ?
Symbole de la paix, à Bourbon j'ai su plaire,
     Dit l'olivier avec douceur,
A son grand cœur la paix comme la gloire est chère,
     Et tu n'es pas seul en faveur.
Le temple de Janus qu'avoit ouvert Bellone
     Est refermé par le vainqueur.
Unissons-nous, formons ensemble la couronne
     Du guerrier pacificateur.
     Il dit, et l'un et l'autre arbuste
     Se dépouille de ses rameaux,
     Qui fiers d'embellir le héros,
     S'enlacent sur sa tête auguste
     Cessant enfin d'être rivaux.

FABLE XVI.

L'Éléphant et les Chacals. *

Dans un bois qu'il avoit choisi pour sa retraite,
Un éléphant vivoit comme un anachorète,
Sans crainte, ni désir, et partant sans chagrins.
Heureux, s'il n'eût point eu des méchans pour voisins!
Mais de chacals hideux une troupe féroce
Disoit : Si nous pouvions l'attaquer sans danger,
     Lui tendre un piège et l'égorger,
Nous aurions de la chair de l'énorme colosse
     Pendant un mois de quoi manger.
     L'un d'eux, qui par sa fourberie
     S'étoit acquis un grand renom,
     Et près de qui l'adroit Sinon
N'étoit qu'un écolier en fait de perfidie,
Va trouver l'éléphant, s'incline à son aspect,
     Et l'abordant avec respect :
     Seigneur très grand, très magnifique,
Dit-il, les animaux m'ont député vers vous.

---

* Le chacal est un animal sauvage qui tient du chien et
du loup.

Lassés de vivre en république,
Ils viennent d'établir un état monarchique.
Voulant nommer un Roi qui fût au gré de tous,
Intrépide et puissant, mais sage et pacifique,
  Ils ont sur vous fixé leur choix ;
Venez, prince, venez dicter vos justes loix.
  Moi-même je veux vous conduire
Vers vos nouveaux sujets qui brûlent de vous voir.
  L'éléphant se laisse séduire
  Par l'attrait si doux du pouvoir.
  Au vil flatteur il s'abandonne
  Qui l'entretient, chemin faisant,
  Du plaisir qu'on a sur le trône,
  De son bon peuple qui l'attend,
De gloire, de grandeurs. Cependant le perfide
L'égare et le conduit, non pas dans un palais,
  Mais dans un horrible marais
Où notre ambitieux tombe en suivant son guide.
Le fourbe alors triomphe ; un sifflement aigu
Donne à ses compagnons le signal convenu.
De chacals une meute, ou plutôt une armée,
  Accourt haletante, affamée.
  Ils attaquent tous à-la-fois
L'éléphant embourbé qui ne peut se défendre;
Il connoît, mais trop tard, qu'il s'est laissé surprendre,
Meurt, et songe en mourant à ses paisibles bois.

De cette fable orientale
L'auteur Indien * tire une double morale.
Du pouvoir absolu les séduisans appas
Ont perdu plus d'un téméraire.
Ce que la force ne peut pas ,
La ruse parvient à le faire.

FABLE XVII.

Le Fourmilion.

Qui n'a vu quelquefois l'obscur fourmilion
Des mouches, des fourmis ennemi redoutable,
Embusqué savamment dans son cône de sable?
Des insectes c'est le lion.
Malheur à l'imprudent qu'un sort fatal amène
A la fosse perfide où l'attend le trépas !
Tandis que, cédant sous ses pas,
Le sable s'éboule et l'entraîne,
Il est assailli brusquement

* Le sujet de cette fable est tiré d'un morceau de littérature sanscrite, traduit par M. Langlois, qu'on trouve dans la 58e livraison des *Annales de la littérature et des arts.*

Par un tourbillon de poussière :
Grêle imprévue et meurtrière
Que, du fond de son trou, fait jaillir le brigand ;
Il tombe, et le vainqueur le déchire à l'instant.
Mais quelle métamorphose !
En chrysalide arrondi
Le cannibale engourdi,
Ivre de sang se repose ;
Et bientôt ranimé par les feux d'un ciel pur,
Il déploie avec élégance
Un corps long et fluet et des ailes d'azur,
Suspendu sur les eaux mollement se balance,
S'abreuve au calice des fleurs,
Et changeant à-la-fois de parure et de mœurs,
Vit dans la paix et l'innocence.

Après de longs écarts, à la voix du remords,
Heureux avec le bien qui se réconcilie,
Et vertueux pendant la moitié de sa vie,
Sait de l'autre moitié faire oublier les torts !

FABLE XVIII.

La Pie.

Prisonnière depuis deux ans ,
Margot la pie enfin trouva la clef des champs ,
Et sans prendre congé , s'échappa de sa cage.
  Parmi les oiseaux de retour,
Elle leur racontoit (des captifs c'est l'usage),
Ce qu'elle avoit souffert pendant son esclavage.
  Oui , mes amis , leur disoit-elle un jour,
  De mes tourmens le plus insupportable ,
   Étoit d'entendre le caquet
De certain oiseau vert appelé perroquet.
   Quel babillard impitoyable !
  Vous connoissez notre voisin l'oison ,
   Criant sans rime ni raison ;
La commère corneille est assez ennuyeuse ;
Dieu merci, l'hirondelle est joliment parleuse ;
   Ce n'est rien en comparaison.
   Pour le supplice des oreilles ,
Le perroquet fut fait. Du matin jusqu'au soir
On l'entend répéter , croyant faire merveilles ,

« Jacot, pauvre Jacot; » voilà tout son savoir.
Tout maussade qu'il est, sa maîtresse en raffole,
Elle est aux petits soins pour ce beau favori,
Elle bat ses enfans, querelle son mari,
Et caresse l'oiseau; peste soit de la folle!
Dom Jacot étourdit la maison par ses cris,
  Dame Alix par son bavardage;
Ils semblent du babil se disputer le prix;
  On n'y tient pas au voisinage.
  Que leurs pareils sont ennuyeux!
Fuyez-les, mes amis, d'une lieue à la ronde.
  Quant à moi, pour m'éloigner d'eux,
  J'irois, je crois, au bout du monde.....
  Mais quoi! les voilà tous partis.
Oh les impertinens! C'est ainsi qu'on me laisse!
  Eh bien! à cette sotte espèce
  Faites d'intéressans récits.
Leur incivilité ne doit pas me surprendre;
  Je n'avois là pour auditeurs,
Que de petits esprits; allons chercher ailleurs
  Des gens plus dignes de m'entendre.

  Chacun méconnoît ses travers;
Maint grand parleur se plaint des longs discours des autres.
Nos yeux sur les défauts des voisins sont ouverts,
  Mais ils sont fermés sur les nôtres.

FABLE XIX.

Les deux Sources.

Du sein d'une même montagne ;
  Deux sources épanchoient leurs eaux
Qui couroient se répandre au loin dans la campagne.
  L'une, dont les secrets canaux
  Étoient semés de minéraux,
  Avoit reçu la vertu salutaire
  D'être un remède à divers maux.
 L'autre n'étoit qu'une source ordinaire.
  Une paisible obscurité
  Fut long-temps leur commun partage ;
Mais de l'eau minérale on découvre l'usage,
Et voilà qu'elle acquiert de la célébrité.
  Frivole et funeste avantage !
  Au sortir du rocher natal,
  De son ancien cours détournée ,
  Pour maint usage médical
  Dans de noirs bassins amenée,
  Elle y languit emprisonnée.
Adieu verte prairie, adieu vallon charmant

Dont elle faisoit l'ornement.
Mais rien n'arrête dans sa course
L'onde que verse l'autre source.
Négligée, inconnue, elle fuit librement,
Là forme un clair ruisseau, plus loin une cascade,
Murmure, gronde, écume au gré de sa Naïade,
Et parcourant des lieux ignorés et déserts,
Sans nom, mais toujours pure, arrive au sein des mers.

La véritable indépendance
Est dans la médiocrité.
A-t-on un grand renom? des talens? la puissance?
Il en coûte la liberté.
Mais si l'homme obscur vit tranquille,
L'homme supérieur goûte un autre plaisir,
A son semblable il est utile,
Et faire le bien, c'est jouir.

FABLE XX.

Les deux Mouches.

De son dard ayant tourmenté
Plus d'une bête chevaline,
Certaine mouche en tiroit vanité
Et se croyoit une héroïne.
Où va se nicher la fierté !
Avec dédain regardant sa voisine,
Mouche d'une autre espèce et de paisible humeur,
Elle lui dit un jour : Que je vous plains, ma sœur,
De n'avoir pas l'aiguillon formidable
Avec lequel je répands la terreur !
Le plus foible ennemi pour vous est redoutable,
Et moi je fais la guerre aux plus forts animaux,
Aux coursiers belliqueux, aux superbes taureaux,
Que dis-je ! impunément je puis chercher querelle
Au lion ce tyran des bois ;
En vain sa gueule s'ouvre et son œil étincelle,
Je fatigue sa rage et le mets aux abois.
Mais non loin d'ici j'aperçois

Un ennemi digne de ma colère ;
La jambe de ce villageois,
Regardez bien, va devenir, ma chère ;
Le théâtre de mes exploits.
A ces mots, sur la jambe nue
Elle se jette étourdiment.
Dans l'épiderme du manant,
Le dard perfide s'insinue.
Vingt fois elle est chassée et vingt fois à l'instant
L'importune à la même place
Revient avec acharnement.
Tel un solliciteur ardent
Est sans cesse éconduit et jamais ne se lasse ;
Tel un parasite effronté
Par l'accueil qu'il reçoit n'est jamais rebuté.
Las enfin de tant d'insolence,
Mais commandant à sa fureur,
Pour mieux assurer sa vengeance,
L'homme sans se mouvoir endure la douleur,
Prend son temps, et d'un coup frappé d'une main sûre,
Écrase brusquement l'insecte audacieux.
Témoin de sa triste aventure,
L'autre mouche s'envole et va dire en tous lieux :
Mouches sans aiguillon, remerciez les Dieux.

FABLE XXI.

L'Hirondelle et le Moineau.

Nous savons que dans nos climats,
es zéphirs printaniers ramènent l'hirondelle,
Et qu'elle disparoît au retour des frimas.
  Mais en hiver que devient-elle?
ur un point si commun d'histoire naturelle
  Les savans ne s'accordent pas.
Chacun soutient sa thèse, et plus d'un déraisonne,
  Disserter est fort ennuyeux;
  Racontons, cela vaudra mieux,
  Ce que disoit, un jour d'automne,
Au moineau qui venoit lui faire ses adieux,
Une hirondelle née aux bords de la Garonne.
  Eh quoi! pour le pays lointain
Vous croyez que je vais entreprendre un voyage?
  Je ne suis point un oiseau de passage,
  Détrompez-vous, mon cher voisin.
  Sans abandonner la contrée,
  J'échappe aux fureurs de Borée;
Je vais, sous le secret, vous expliquer comment.

Peut-être aurez-vous peine à croire
De mes quartiers d'hiver la véridique histoire ,
Tant le récit est surprenant.
Voici le fait : Au fond d'un lac tranquille ,
Mes compagnes et moi nous cherchons un asile ,
Nous y restons six mois dans l'engourdissement
Sous la protection de l'humide élément.

Au printemps l'onde complaisante
Rejette sur ses bords nos corps asphixiés ,
Et de l'astre du jour la chaleur bienfaisante
Les a bientôt vivifiés.

Chaque oiseau revoit la lumière ,
S'agite, reprend ses esprits ,
Et vers les cieux notre peuplade entière
S'élance et se disperse en poussant mille cris ;
Voilà quel est tout le mystère. *
Eh bien voisin ! vous paroissez surpris.
— Mais non ; je ne vois là rien d'extraordinaire ,
Dit le moineau malin ; un témoin oculaire ,
La carpe nous avoit conté cela vingt fois.
—La carpe, dites-vous?—Eh oui ! la chose est claire,

* Plusieurs naturalistes, et particulièrement le docteur
Klein, Allemand, ont soutenu sérieusement le système de
l'immersion et de l'émersion des hirondelles qui fait le sujet
de cette fable. Il en est fait mention dans l'Encyclopédie,
au mot *Hirondelle.*

Au milieu des poissons dormant pendant six mois,
Vous ignorez, voisine, je le vois,
Ce qui se passe dans le monde;
Sachez donc qu'en hiver, la carpe quelquefois
Abandonnant le sein de l'onde,
Vient avec les oiseaux babiller sur les toits.

Vous fait-on un récit absurde, invraisemblable?
Sans témoigner de surprise au conteur,
Répondez par un autre encor plus incroyable;
C'est le meilleur moyen de confondre un menteur.

FABLE XXII.

La Crécerelle, le Pigeon et le Moineau.

La crécerelle et le pigeon,
En famille établis, faisoient leur résidence
Dans les murs délabrés d'un antique donjon.
Jamais la mésintelligence
N'avoit troublé la paix de cet heureux séjour.
On connoît du pigeon la douceur, l'innocence;
Aimer, et prendre soin des fruits de son amour,
Là se borne son existence.

L'oiseau de rapine inhumain
Laissoit en repos son voisin ;
Sur des oisillons sans défense,
Aimant mieux exercer son métier d'assassin.
Témoin de leur bonne harmonie,
Un moineau sans malice (il étoit jeune encor)
Pensa qu'on accusoit la crécerelle à tort.
Voyez, dit-il, comme on la calomnie !
Où sont ses féroces penchans ?
Non, non, elle n'est point carnivore et cruelle ;
Le pigeon, des vertus véritable modèle,
Vivroit-il avec des méchans ?
C'en est fait, dans leur voisinage
Je vais moi-même m'établir ;
Cette tour pourra contenir,
Sans gêne pour personne, un troisième ménage ;
Les gens de bien doivent se réunir.
A ces mots le moineau transporte
Ses pénates, en plein midi ;
Dans un trou du donjon, et comme un étourdi,
Va se loger presque à la porte
De son plus cruel ennemi.
Pour l'émouchet* quelle excellente aubaine !
Il n'alla point chasser ce jour-là dans la plaine :
Un butin si facile étoit fort à son gré.

* Autre nom de la crécerelle.

Le malheureux moineau fut saisi, déchiré ,

    Et ses lambeaux, sanglante proie ;

Dans le nid du brigand apportèrent la joie.

Le repos du méchant est un calme trompeur ;

S'il ne fait pas de mal , c'est qu'il ne peut en faire ;

Et la bonté qu'il montre est l'effet ordinaire

    De sa prudence ou de sa peur.

FABLE XXIII.

Le Crocodile de la foire.

Un de ces adroits baladins

    Dont l'éloquence hyperbolique

Fait grandir les géans, rapetisse les nains,

Et transforme à son gré, sur la place publique,

Les animaux d'Europe en monstres africains,

Sur la toile avoit peint un crocodile énorme,

    Grossière image, ébauche informe,

    Qui montroit ses affreuses dents

Et sembloit menacer d'engloutir les passans.

Quand le bruit du tambour, et le singe et paillasse

Avoient fait rassembler les oisifs sur la place :

    Messieurs, venez voir, crioit-il,

2 *

Ce crocodile pris dans la haute Nubie
    Près des cataractes du Nil.
   Jamais l'Afrique ni l'Asie
  N'en ont produit d'une telle grandeur.
En Prusse, en Danemark, en Pologne, en Russie,
    Par-tout le savant, l'amateur
Sont venus admirer ce superbe amphibie.
    Il n'en coûte que quinze sous;
    C'est pour rien, Messieurs, hâtez-vous;
    Nous partons demain, qu'on s'approche;
Pour se passer de voir ce monstre singulier,
Sans pareil, sans égal dans l'univers entier,
Il faudroit n'avoir pas quinze sous dans sa poche.
    C'est ainsi que soir et matin
    S'égosilloit à perdre haleine
    L'infatigable baladin
Que l'argent des badauds consoloit de sa peine.
Séduit par ses discours, plus d'un bourgeois musard
    Entroit pour voir le crocodile.
    Mais que trouvoit-il? Un lézard.
    Se fâcher étoit inutile;
    Chacun sortoit sans dire mot,
    Faisant place à quelqu'autre sot.

Que d'avis importans! d'annonces séduisantes!
D'affiches à grands mots et d'enseignes brillantes!

Que de prospectus merveilleux !

Aux bonnes gens , aux curieux,

Des pièges sont tendus de toutes les manières.

Pour jeter de la poudre aux yeux

Vive le siècle des lumières !

FABLE XXIV.

Les Écoliers et le Rat.

Par les écoliers d'un collège

Un gros rat fut pris dans un piège.

Le voilà donc enfin prisonnier ce brigand ,

Ce scélérat dont la dent téméraire

Rongeoit Virgile, Horace, Homère,

La syntaxe et le rudiment.

Le crime est avéré, mais sur le châtiment

Un sénat de marmots en criant délibère.

Quel désordre ! quel bruit ! chacun force sa voix,

Et pour mieux discuter l'affaire

Vingt orateurs fougueux parlent tous à-la-fois.

L'un veut empaler le coupable ;

L'autre propose comme un jeu,

Comme un passe-temps agréable

De le brûler à petit feu.

Plus un avis paroît atroce,

Plus il est applaudi; Robespierre et Néron

A cette jeunesse féroce

Semblent avoir donné leçon.

Déjà la torture s'apprête,

Quand le maître arrivant dit à nos étourdis :

Ne soyez pas cruels, tuez-le, mes amis.

Par son ordre à l'instant on assomme la bête.

Quel est donc ce penchant fatal

Que l'homme manifeste en entrant dans la vie ?

Auroit-il de la barbarie

L'horrible instinct? Est-il né pour le mal?

Sages instituteurs, venez, faites entendre

De la Religion les sévères accens :

Combattez les vices naissans;

Redressez l'arbrisseau, sa tige est encor tendre,

Plus tard il ne seroit plus temps.

FABLE XXV.

Le Lion, le Singe et l'Ane.

A la cour du lion, un singe au ton railleur
  Et du prince ayant la faveur,
  Exerçoit son humeur caustique.
Il ne faisoit point grâce à la gent pacifique;
Mais, courtisan habile, il ménageoit les grands
Qu'il voyoit tous armés de griffes et de dents :
  Il connoissoit la politique.
  L'âne aussi fréquentoit la cour;
Au pouvoir, comme un autre, il venoit rendre hommage,
  Et fournissoit au persiflage
  Ample matière chaque jour.
  Point de niche ou de mauvais tour
Dont il ne fût l'objet. Aux affronts insensible,
Long-temps maître baudet se résigne et se tait.
  A la fin le jeu lui déplaît:
D'un sot qu'on pousse à bout la colère est terrible
  Il dissimule cependant;
  Mais à la première incartade

Du singe très mauvais plaisant ;
Il lui détache une ruade
Qui le meurtrit horriblement.
Le battu court au roi : Sire, dit-il, vengeance ;
L'âne, ce stupide animal,
Rebut de votre cour, automate brutal,
M'a fait la plus cruelle offense.
Battre vos courtisans ! quelle témérité !
C'est un crime, seigneur, de lèse-majesté.
Le monarque étoit débonnaire ;
Au sérieux il ne prit point l'affaire.
Mon ami, dit-il au plaignant,
Je prends beaucoup de part à ton triste accident ;
Voilà ce que l'on gagne avec cette canaille ;
Tu faisois beaucoup trop d'honneur
A ce sot de mauvaise humeur
Et qui ne veut pas qu'on le raille,
De rire à ses dépens ; à compter d'aujourd'hui
Ne badine plus avec lui.

La leçon profita ; dom Bertrand devint sage ;
Il ne renonça pas au métier de bouffon ;
Mais il s'observa davantage ;
Et depuis ce temps, l'on ménage
Jusqu'à l'âne lui-même à la cour du lion.

FABLE XXVI.

Le Diamant et la Rosée.

Un diamant qu'on avoit égaré,
Au point du jour se trouvoit dans un pré,
    Par je ne sais quelle aventure.
vapeur matinale, en liquides cristaux,
u caillou de Golconde éphémères rivaux,
    Étinceloit sur la verdure.
ais quand l'astre du jour, sorti du sein des flots,
    Eut recommencé sa carrière
rempli l'univers de torrens de lumière,
nsumés par les feux du céleste géant
s saphirs, les rubis qu'avoit semés l'aurore,
    Rentrèrent dans le néant ;
    Le diamant brilloit encore.

Un esprit superficiel
    Paré d'un vernis agréable,
ut séduire un instant ; du mérite réel
    Le triomphe seul est durable.

FABLE XXVII.

L'Éléphant et le Singe.

Un éléphant de la côte africaine,
Avant de s'abreuver dans le cours d'un ruisseau,
Avec sa trompe agitoit l'eau :
Il avoit lu sans doute un traité d'hygiène.
Du haut d'un grand palmier un singe ricaneur,
Passé maître en fait de malice,
Lui dit : De grâce, Monseigneur,
Daignez m'expliquer ce caprice.
Pourquoi votre Grandeur vient-elle de ternir
Le cristal de cette onde pure ?
Est-ce (comme on le conjecture)
Pour s'épargner le déplaisir
D'y voir sa grotesque figure ?
Descends, viens recevoir cette explication,
Répond l'éléphant en colère ;
Bouffon maussade et téméraire,
Tu te méprends sur mon intention.
Cette eau, qui près d'ici jaillit de la colline,

De sa source encore voisine ;

N'a point perdu sa crudité,

Et je la trouble, avant d'en faire mon breuvage ;

Parce qu'ainsi le veut le soin de ma santé.

Au reste pour tenir cet insolent langage

Tu fis bien de te mettre en lieu de sûreté ;

Je ne t'en dis pas davantage.

Gardons-nous de juger avec légèreté

La conduite de l'homme sage.

FABLE XXVIII.

Le Flacon.

Que d'honneurs ! comme on me courtise !

Se disoit un flacon rempli

De certaine liqueur exquise

Que l'on savouroit à l'envi.

Bientôt le nectar délectable

S'épuisa, tant chacun en but ;

Le flacon fut ôté de table,

Et dans un coin mis au rebut.

3

Gens opulens que l'on caresse ,
Retenez bien cette leçon ;
Si vous tombez dans la détresse ,
Vous aurez le sort du flacon.

~~~~~~~~~~~~~~~~~~~~~~~~~~~~~~

FABLE XXIX.

Le Torrent.

La Naïade d'un torrent,
Quand l'été desséchoit la plaine ,
De son urne épanchoit à peine
Un mince filet d'eau qui mouroit en naissant.
En vain les troupeaux du village
Demandoient le flot pur qui les désaltéroit ;
Les moulins restoient en chômage ,
Un soleil brûlant dévoroit
L'herbe des prés voisins privés de l'arrosage.
Le temps sec fut suivi d'un hiver pluvieux ;
Mille ruisseaux formés dans les flancs des montagne
Grossissent le torrent qui devient furieux
Et se répand dans les campagnes.
Le débordement de ses eaux

Entraîne pasteurs et troupeaux.
Tout périt ou se désespère
Dans la plaine et dans le vallon.

Qu'il paroisse tranquille, ou qu'il soit en colère,
D'un méchant, mes amis, n'attendez rien de bon.

FABLE XXX.

Le Dogue et les Mâtins.

Né dans l'âpre Calédonie,
Parmi les rochers, les frimas,
Un dogue avoit dans nos climats
Porté les mœurs de sa patrie.
On ne s'approchoit qu'en tremblant
Du logis que gardoit ce farouche Cerbère :
Malheur sur-tout au mendiant
Qui venoit, humble et suppliant,
Y faire retentir la voix de la misère.
Les caresses, les coups, la bonté, la rigueur,
Rien ne peut corriger ce naturel sauvage ;
Sous la main qui le flatte il gronde avec fureur ;

Qu'on le mette à la chaîne, on augmente sa rage.
Désespérant enfin d'adoucir son humeur,
   Son maître l'exile au village.
Là vivoient des mâtins vigilans et soumis,
Gardiens des troupeaux du fermier de la Terre,
   Qui faisoient aux loups seuls la guerre,
Terribles au combat, caressans au logis.
Je veux, dit le fermier, qu'un même toit rassemble
Ma meute campagnarde et ce dogue brutal;
Qui vit avec les bons tôt ou tard leur ressemble.
Ce féroce Écossais dont on dit tant de mal,
   Ici s'amendera peut-être;
Et je le renverrai plus docile à son maître.
   Mais bientôt notre villageois
Reconnut son erreur. Avant la fin du mois
   Sa basse-cour fut en désordre;
   Le dogue qu'il fallut chasser
   N'apprenoit point à caresser,
   Les mâtins apprenoient à mordre.

   Un exemple vertueux
   Au bien en vain nous invite;
On prise la vertu, rarement on l'imite,
   Mais le vice est contagieux.

FABLE XXXI.

Le Papillon.

Du sein de la rose nouvelle,
Beau papillon, tu reprends ton essor;
Balancé sur tes ailes d'or,
Tu vas chercher sans doute une rose plus belle.
Mais non, d'un vol léger tu franchis le jardin;
La fleurette du pré voisin
Qui sans culture vient d'éclore,
Rebut des corbeilles de Flore,
A fixé ton choix incertain,
Et dans son calice inodore,
Tu bois le nectar du matin.
A peine reposé, tu voltiges encore;
Pour tes éphémères ardeurs
Le gazon printanier n'a pas assez de fleurs.
A poursuivre la jouissance
Tu consumes ta vie, hélas! mais vainement;
Ta perpétuelle inconstance,
Volage papillon, n'est qu'un dégoût constant.

FABLE XXXII.

Le Fou sur le bord de la mer.

Un fou, dès que l'aurore avoit rougi les cieux,
Sortoit de son logis d'un air mystérieux,
Et venoit de la mer visiter le rivage.
Là , tout le long du jour , pensif, silencieux,
   Assis sur un rocher sauvage,
Il contemploit les flots, quelquefois courroucés,
Quelquefois par les vents mollement balancés,
Qui venoient à ses pieds expirer sur la plage.
Quelqu'un lui demanda : Qu'attendez-vous ici
   Avec tant de persévérance ?
Quel motif si long-temps vous fait garder ainsi
   La même attitude ? . . . . . Silence,
Ne m'interrompez pas, dit le fou gravement,
J'ai l'esprit occupé d'un travail important.
   Cette mer où se perd la vue,
   Sa profondeur, son étendue
   Sont des énigmes pour les sots ;
   A fond je prétends la connoître ;

Si mon calcul est bon, dans quinze jours peut-être,
J'en aurai compté tous les flots.

Ainsi que notre fou, maint sophiste extravague,
Et veut tout expliquer, tout sonder, tout prévoir ;
Qu'il pâlisse au travail du matin jusqu'au soir,
Il n'arrivera point à la dernière vague
Du vaste océan du savoir.

FABLE XXXIII.

La Main droite et la Main gauche.

On raconte que la main droite
Méprisant la gauche sa sœur,
Lui dit un jour avec hauteur :
Compagne paresseuse autant que mal-adroite,
Tu prétends t'égaler à moi !
A quels nobles travaux te voit-on occupée ?
Sais-tu tenir la plume, ou la lance, ou l'épée ?
Me seconder est ton unique emploi ;
Et même, en vérité, je ne sais pas pourquoi
Je te permets de venir à mon aide ;

L'habileté que je possède
Pourroit suffire à tout : qu'ai-je à faire de toi ?
A cette apostrophe un peu vive
La main gauche répond : Moins de présomption ,
L'on peut avoir besoin dans mainte occasion
D'un plus foible que soi ; si je restois oisive ,
Vous ne tarderiez pas à demander merci.
La droite accepte le défi.
Triompha-t-elle ? Non ; cette ouvrière habile
Qui fait ce que les arts ont de plus difficile ,
Qui se sert du burin , du compas , du crayon ,
Avant la fin du jour oubliant sa querelle ,
De sa complaisante jumelle
Implore le secours . . . . . pour nouer un cordon.
L'orgueilleuse jamais n'eût pu sortir d'affaire.
Pour terminer son embarras,
La main gauche reprend son service ordinaire.

Si puissant que l'on soit, d'un bon auxiliaire
Il est prudent de faire cas.

FABLE XXXIV.

La Rose et l'Églantine.

QUELLE est donc cette injuste loi?
Dit à la rose l'églantine ;
D'un modeste églantier, ma superbe voisine,
Vous descendez ainsi que moi.
Nous avons la même origine,
Mais que notre destin, hélas ! est différent !
Des jardins, des salons vous êtes l'ornement ;
On vous cueille avec soin ; obscure, abandonnée,
Moi je végète tristement
Sur le buisson où je suis née :
Les mépris sont pour moi, pour vous tous les honneurs.
Tant d'inégalité sied-elle entre des sœurs?
Présomptueuse, dit la rose,
Des faveurs que j'obtiens ignorez-vous la cause?
Oui, nous étions sœurs autrefois ;
Mais aujourd'hui par la greffe embellie,
Je suis des fleurs la plus jolie,
Voilà mes titres et mes droits.

Vous , que le vil limon d'un fossé fait éclore ,
    Sans attraits , sauvage , inodore ,
    Du nom de fleur indigne enfin ,
    De la favorite de Flore
    Cessez d'envier le destin.

    C'est l'étude qui régénère
    Un esprit inculte et grossier ;
    Aux hommes elle est nécessaire
    Comme la greffe à l'églantier.

FABLE XXXV.

Moufflar et Sultan.

Moufflar , dogue de forte race ,
    Sans besoin , pour passer le temps,
    Un soir , au milieu d'une place ,
    Sur un os exerçoit ses dents.
    Près de lui le hasard envoie
    Sultan , son ami , son voisin ,
Qui de lui dérober sa misérable proie
N'avoit aucune envie , il sortoit d'un festin.
    Mais enclin à la méfiance ,

Moufflar de l'os qu'il tient croit voir un ravisseur,
  Il se lève , gronde, s'élance
Sur le nouveau venu qui se met en défense
  Et lui riposte avec vigueur;
Les voilà corps à corps, et la lutte commence.
Muse, dis les exploits de ces rivaux fameux.
Dans un cercle bruyant de spectateurs nombreux,
En taille, en force égaux , nos dogues furieux
Avec acharnement disputent la victoire.
On les voit tour à tour triomphans , renversés,
Reprenant le dessus , puis encore terrassés ,
Se couvrir à la fois de poussière et de gloire.
  D'un aussi terrible combat
  Quel fut enfin le résultat ?
Chacun des combattans eut sa part de morsures
  Et revint couvert de blessures
  A son logis , clopin clopant.
  D'être applaudis par la canaille
  Ils eurent l'honneur éminent ;
  L'os, objet du débat sanglant ,
  Resta sur le champ de bataille.

A plus d'un querelleur il en arrive autant.

~~~~~~

FABLE XXXVI.

L'Ours démuselé.

Un ours bien léché par sa mère
. Et que des chasseurs avoient pris
Tout jeune encore en sa tanière,
Le museau garrotté parcouroit le pays ;
Emerveillant grands et petits,
Tant il étoit gentil..... à sa manière.
Il faisoit la culbute en avant, en arrière,
S'inclinoit pour le Roi, sautoit pour ses amis,
En cadence dansoit sur ses pieds de derrière.
Son conducteur tenant un bâton à la main,
D'une voix imposante et fière
Commandoit, et l'élève exécutoit soudain.
L'obéissance est fille de la crainte.
(Ceci soit dit pour les ours seulement ;
A remplir vos devoirs, mortels, certainement
C'est l'honneur qui vous porte et jamais la contrainte.)
Mais revenons : l'ours est sournois,
Et celui-ci quoique docile,
Par l'instinct averti, se disoit quelquefois

Qu'il vaudroit mieux courir librement dans les bois,
Que d'être le bouffon des badauds de la ville.

  Un jour son gardien distrait ,
  Ayant laissé la porte ouverte ,
Il saisit le moment , s'élance comme un trait,
Avec son air lourdaud il étoit fort alerte ;
  Et sans liens , démuselé ,
Le voilà se ruant sur le peuple assemblé.
A l'aspect imprévu de la féroce bête ,
On crie , on se disperse , on court de tous côtés,
Le moins poltron s'enfuit à pas précipités ,
  Dans un clin d'œil la rue est nette.
Un pauvre citadin , au déclin de ses ans ,
  Dont un bâton noueux à peine
  Soutenoit les pas chancelans,
  En vain se presse , se démène ,
L'animal va l'atteindre.... En ce danger pressant,
  Il lève machinalement
Son bâton.... dans ses mains impuissante défense.
  Mais , ô surprise !.... Est-ce un enchantement?
  L'ours sur ses pieds se lève et danse.
Le geste menaçant , talisman merveilleux ,
  Du monstre libre et furieux
  Obtient encor l'obéissance.

  Tant l'habitude a de puissance.

FABLE XXXVII.

La Maîtresse, la Servante et le Chat.

Qui donc maltraite ainsi mon chat? Comment c'est vous,
  Audacieuse, impertinente !
Disoit une maîtresse à sa jeune servante.
Il l'a bien mérité, répond Lise en courroux ;
  Je le caressois, l'hypocrite
A déchiré ma main de sa griffe maudite ;
  Je suis tout en sang.... — C'est égal,
Vous avez fait une action indigne.
  Ce chéri! ce pauvre animal !
Voyez donc! on le bat parce qu'il égratigne.

FABLE XXXVIII.

Le Hibou.

Des créneaux d'une vieille tour
Sortoit pour chercher sa pâture
Un hibou tout joyeux de voir fuir le jour.
Je vais enfin de la nature,
Disoit-il, jouir à mon tour.
Quadrupèdes, oiseaux, à présent tout sommeille;
Les champs sont muets et déserts,
Quand mon heureux instinct m'éveille
Pour devenir le roi des airs.
Du crépuscule et de la lune
La lumière convient à des yeux délicats,
Elle éclaire et n'éblouit pas;
Mais celle du soleil est fâcheuse, importune.
Dès que sur l'horizon il se montre, j'ai soin
D'aller me tapir dans un coin;
Ainsi l'ordonne la prudence,
Et j'ai pitié de tous ces fous
Qui chantent quand le jour commence;
Au lieu de se cacher comme font les hiboux.

Ce triste oiseau des nuits nous rappelle un sophiste,
  Frondeur, misanthrope, égoïste,
  Qui dans sa sotte vanité
Se croit seul clairvoyant, et follement préfère
  De l'erreur la fausse lumière
  Au grand jour de la vérité.

FABLE XXXIX.

L'Homme et le Corbeau.

Un homme dans les airs vit passer un corbeau :
  Ah ! dit-il, le vilain oiseau !
  Au lieu de chant, quel cri désagréable !
Son plumage est lugubre et son vol est pesant.
  Vivant, rien de lui n'est aimable,
Mort, sa chair n'est pas bonne à servir d'aliment.
  Les cadavres sont sa pâture ;
  Comme oiseau de mauvais augure
Les Romains le craignoient, ils avoient bien raison.
  Et cela vit cent ans, dit-on !
De la longévité la prudente nature
  Auroit pu mieux placer le don.

Le corbeau peu flatté d'un tel panégyrique,
Descend , vient se percher sur un arbre voisin ,
    Et commence ainsi sa réplique :
  De ton mépris je rends grâce au destin ,
    Tyran injuste et sanguinaire ;
Si mon espèce avoit le malheur de te plaire,
    Filets , gluaux , armes à feu ,
    Contre elle seroient mis en jeu ,
Et l'on ne verroit pas de corbeau centenaire.
    De cadavres je me nourris !
    Oses-tu m'en faire un reproche ,
    Toi pour qui l'on met à la broche
Les cadavres friands des poulets , des perdrix ?
Dévorer des corps morts est à l'humaine engeance,
    Comme à la nôtre familier ;
    Nous n'avons pas de cuisinier ,
    Voilà toute la différence.
Si l'on voyoit jadis à l'aspect des corbeaux
    S'effrayer le peuple de Rome ,
Qu'en conclure, dis-moi ? La sottise de l'homme
Qui régloit son destin par le vol des oiseaux.
    D'un pauvre corbeau la rencontre
  N'annonce point , ne cause point de maux ;
    Mais par-tout où l'homme se montre
Malheur (l'oracle est sûr), malheur aux animaux.
A ce propos il est prudent que je te laisse ;

, J'aperçois un quidam là-bas
Armé d'un tube creux, invention traîtresse,
Et qui vers nous porte ses pas.
Je ne suis bon à rien, mais je ne voudrois pas
Servir de but à son adresse.
Puis cela dit, il s'envola.

Il n'étoit pas si sot ce maître corbeau-là.

~~~~~~

FABLE XL.

Le Pont et le Bac.

Sur un fleuve rapide on construisoit un pont.
On voyoit s'agiter et d'aval et d'amont
Les gens chargés de l'entreprise.
Quel projet! ou plutôt quelle insigne sottise!
Disoit un batelier qui, depuis quarante ans,
Des deux côtés de l'eau transportoit les passans.
On pouvoit s'épargner une telle dépense;
L'argent dans ce temps-ci
Est assez rare, Dieu merci.
Faire un pont près d'un bac! c'est une extravagance.
Nous verrons quelques pieds poudreux

Fréquenter le nouveau passage ;
Mes affidés aimeront mieux
Me payer le tribut d'usage,
Je puis toujours compter sur eux.
Cependant on finit l'ouvrage,
Et chacun préférant le pont
Dont le trajet étoit plus commode et plus prompt ;
Laissa le batelier se morfondre au péage.
Oh, les ingrats ! disoit le bonhomme surpris.
 Un sien voisin lui dit : Oh l'imbécille
  Qui croit conserver ses amis
  Quand il leur devient inutile !

FABLE XLI.

Le Peintre et le Trafiquant.

De son logis, un trafiquant
Voyoit, au milieu de l'orage,
Son navire, jouet du vent,
Menacé d'un prochain naufrage.
Quel terrible spectacle ! O perfide élément !
Disoit-il ; qui pourroit, sans frémir d'épouva

Voir la scène d'horreur, de Louleversement ;
Qu'à mes yeux effrayés ta surface présente !
Un peintre son voisin qui, pour bonne raison,
Ne hasarda jamais sur la mer sa fortune,
Tout joyeux admiroit du haut de son donjon,
Le pittoresque effet du courroux de Neptune.
Que j'aime, disoit-il, à voir ces flots bondir !
Et sur ce noir rocher leur écume jaillir !
Et là dans le lointain, pour embellir la scène,
  Ce gros vaisseau prêt à périr,
  Qui contre les vents lutte à peine !
  Pour un tableau le beau sujet !
  Où sont mes pinceaux ? ma palette ?
Il dit, et plein d'ardeur l'émule de Vernet,
Saisissant ses crayons, esquisse une tempête.

  Habile enchanteur, l'intérêt
Sous différens aspects montre le même objet.

~~~~~~

FABLE XLII.

Les deux Convois.

La mort avoit, le même jour,
Frappé de sa faux redoutable
Un riche financier au milieu de sa cour,
    Et certain commis, pauvre diable,
    Bien délaissé, bien misérable.
Au gîte où nous devons arriver tôt ou tard,
On portoit le pauvret ainsi que le richard.
Le premier s'en alloit sans cortège et sans pompe;
    Pas un seul ami..... Je me trompe,
On en remarquoit un auprès du corbillard.
Un ami!...C'est beaucoup pour qui n'a rien au monde.
Il suivoit, tête basse, à pied, et son regard
    Exprimoit sa douleur profonde.
Dans le quartier voisin avec un grand fracas,
S'avançoit le convoi de l'homme de finance,
Célibataire avare, et de qui le trépas
De vingt collatéraux remplissoit l'espérance.
Le char qui renfermoit les restes du traitant,

A sa suite avoit maint carrosse,
Où l'on causoit négligemment
De spectacles, de bals, et cet enterrement
Étoit aussi gai qu'une noce.

Or, savez-vous, mes chers amis,
Qui formoit l'une et l'autre escorte ?
Des flatteurs de Mondor la nombreuse cohorte ;
Le vieux chien du pauvre commis.

FABLE XLIII.

Le Cerisier de Gros-Pierre.

Gros-Pierre, dans son héritage,
Avoit un cerisier, où mille fruits exquis,
Vermeils, pareils à des rubis,
Brilloient au milieu du feuillage.
Mais bien qu'il y prît soin, le vigilant fermier
N'en mangeoit pas tout seul, ni même le premier ;
Les moineaux de son voisinage
En étoient friands comme lui,
Et mettoient son arbre au pillage,

Sans respect pour le bien d'autrui.

Eh quoi donc chaque jour, nouvelles entreprises

De ces brigands, dit notre homme en courroux !

Moineaux gourmands, est-ce pour vous

Que j'ai de ce canton les plus belles cerises ?

Non, de par tous les dieux, guerre et point de quartier.

Je veux dans ma juste colère,

De votre race téméraire

Exterminer jusqu'au dernier.

Il dit, prend son fusil, se met en embuscade,

Fait feu sur les voleurs pris en flagrant délit.

Sous les coups de la fusillade

Plusieurs tombent sans vie et le reste s'enfuit.

Au bout d'une heure ou deux la bande se rallie,

Et Gros-Pierre, témoin de leurs larcins nouveaux,

Comprend enfin que c'est folie

De tirer sa poudre aux moineaux.

Il en coûteroit trop, dit-il, de les détruire :

Empêchons-les seulement de me nuire.

Il affuble alors deux bâtons

De vieux chapeaux et de haillons.

Moineaux de s'éloigner ; mais la perfide engeance

S'habitue à l'objet qui causoit sa terreur,

L'épouvantail connu cesse de faire peur,

Et le pillage recommence.

Désespéré de voir ses efforts superflus,

Écumant de rage, Gros-Pierre
Va prendre sa cognée et jette l'arbre à terre.
Maudits moineaux, dit-il, vous n'en mangerez plus.

~~~~~~

FABLE XLIV.

Le Tambour et la Cloche.

Cessez vos carillons, ils fatiguent les gens,
  Disoit le tambour à la cloche.
Celle-ci répondit : J'aime assez le reproche,
Je pourrois dire aussi : Cessez vos roulemens.
Faire du bruit, tel est mon destin et le vôtre ;
  Continuons en dépit des censeurs ;
   Et croyez-moi, des tapageurs
  Ne disons du mal l'un ni l'autre.

~~~~~~~~~~~~~~~~~~~~~~~~~~~~~~~~~~~

FABLE XLV.

L'Homme et le Chien.

Un homme alloit noyer son chien.
Quel mal avoit-il donc fait? Rien.
Médor, dix ans passés, fut un chasseur habile;
Maintenant gardien du logis,
Aboyant aux voleurs et flattant les amis,
Ce bon vieux serviteur étoit encore utile.
Il ennuyoit; suivant le code du plus fort,
C'est sans doute un délit à mériter la mort.
Il est loin de prévoir le sort qu'on lui prépare;
Gai, caressant, jamais boudeur,
Il lèche cette main, instrument de douleur,
Qui, si souvent, de son maître barbare
A servi l'injuste rigueur.
Un esquif les transporte au milieu de la Seine.
Les pieds liés, au plus fort du courant
L'animal est jeté; mais en se débattant
Il parvient à briser le lien qui le gêne;
Nageant alors en liberté,

4

A la face du fleuve il est bientôt monté.
Mécontent de voir que l'abîme
N'a pas su garder sa victime,
Le maître le repousse armé de l'aviron
Et le frappe.... en riant du rire de Néron
Quand il donnoit l'ordre d'un crime.
Mais tandis que penché sur le bord du bateau,
Il s'agite avec violence,
L'équilibre lui manque, il tombe aussi dans l'eau :
De sa méchanceté trop juste récompense !
Le voir, nager vers lui, saisir son vêtement,
C'est pour le bon Médor l'ouvrage d'un moment.
Aux flots irrités il dispute
Son fardeau précieux qu'il traîne avec effort,
Et vainqueur enfin dans la lutte,
Sain et sauf le conduit à bord.

Du maître et de son chien ici finit l'histoire;
J'aurois voulu qu'elle nous dît encor
Si l'homme renonça (je me plais à le croire)
Au projet de noyer Médor.

~~~~~~

FABLE XLVI.

Un trait de Thomas Morus.

Du chancelier Thomas Morus
La fin tragique et les vertus
A la postérité sont transmis par l'histoire ;
　　Ses traits plaisans sont moins connus.
Le suivant ce me semble est digne de mémoire.
　　Sur la tour de l'Observatoire,
A lire dans les cieux il étoit occupé,
Quand il survient un fou de Bedlam échappé.
Il regarde Morus quelque temps en silence ;
Puis son œil de la tour mesurant la hauteur :
Ta tournure, dit-il, annonce un bon sauteur,
　　Tu peux franchir cette distance,
Saute là-bas. — Vous êtes fou, je pense.
—Non certes, cependant Bedlam est ma maison.
—Bedlam ! Oh juste ciel ! A quel homme ai-je affaire !
Morus adroitement veut alors le distraire,
　　Mais le fou n'entend pas raison.
　　Il faut, dit-il, me satisfaire,

Ou mon bras...—Non, arrête, il n'est pas nécessaire,
Je suis fameux sauteur, tu dis fort bien, mais quoi!
Sauter d'ici là-bas est indigne de moi.

       Non, mon cher, un artiste habile
       Ne se ravale point ainsi,
       Et c'est un tour plus difficile
Que pour te divertir, je prétends faire ici.
Je descends dans la rue; et m'élançant de terre,
Du pied de cette tour je vais sauter en haut;
On chercheroit en vain dans toute l'Angleterre
Quelqu'un assez hardi pour faire un pareil saut.
Ce spectacle pour toi sera fort agréable.

       Le fou consent, et le bon chancelier,
Sans regarder derrière, enfile l'escalier;
Comme s'il eût été poursuivi par le diable.

Voulez-vous ramener les esprits violens?
       Gardez-vous de les contredire.
       Sans être fous beaucoup de gens
       Où l'on veut se laissent conduire,
       Quand on abonde dans leur sens.

FABLE XLVI.

Un trait de Thomas Morus.

Du chancelier Thomas Morus
La fin tragique et les vertus
A la postérité sont transmis par l'histoire ;
 Ses traits plaisans sont moins connus.
Le suivant ce me semble est digne de mémoire.
 Sur la tour de l'Observatoire,
A lire dans les cieux il étoit occupé,
Quand il survient un fou de Bedlam échappé.
Il regarde Morus quelque temps en silence ;
Puis son œil de la tour mesurant la hauteur :
Ta tournure, dit-il, annonce un bon sauteur ;
 Tu peux franchir cette distance,
 Saute là-bas. — Vous êtes fou, je pense.
—Non certes, cependant Bedlam est ma maison.
—Bedlam ! Oh juste ciel ! A quel homme ai-je affaire !
Morus adroitement veut alors le distraire,
 Mais le fou n'entend pas raison.
 Il faut, dit-il, me satisfaire,

Ou mon bras...—Non, arrête, il n'est pas nécessaire,
Je suis fameux sauteur, tu dis fort bien, mais quoi!
Sauter d'ici là-bas est indigne de moi.

    Non, mon cher, un artiste habile
    Ne se ravale point ainsi,
    Et c'est un tour plus difficile
Que pour te divertir, je prétends faire ici.
Je descends dans la rue; et m'élançant de terre,
Du pied de cette tour je vais sauter en haut;
On chercheroit en vain dans toute l'Angleterre
Quelqu'un assez hardi pour faire un pareil saut.
Ce spectacle pour toi sera fort agréable.

    Le fou consent, et le bon chancelier,
Sans regarder derrière, enfile l'escalier,
Comme s'il eût été poursuivi par le diable.

Voulez-vous ramener les esprits violens?
    Gardez-vous de les contredire.
    Sans être fous beaucoup de gens
    Où l'on veut se laissent conduire,
    Quand on abonde dans leur sens.

~~~~~~

FABLE XLVII.

Le Mammout et le Phénix.

Dans les siècles passés, bien avant le déluge,
Le mammout colossal, le phénix merveilleux,
Sur les honneurs du rang étant discors entre eux,
     Par ordre du Destin leur juge,
Devant son tribunal comparurent tous deux.
Chacun se rend justice à l'époque où nous sommes;
     Mais les animaux et les hommes
     Étoient alors fort pointilleux.
Un fameux chroniqueur du pays des chimères
Recueillit les discours de ces deux adversaires;
     Du manuscrit original
     Je les traduis tant bien que mal.
     A la force appartient l'empire,
Dit le mammout, telle est l'universelle loi.
J'ai droit de commander à tout ce qui respire;
Qui peut, dans l'univers, se comparer à moi?
Les plus grands animaux et d'Asie et d'Europe
     A mes côtés semblent des myrmidons,

Des nains chétifs, des avortons;
Pour les apercevoir il faut un microscope.
Sans apaiser ma faim, chacun de mes repas
Absorbe les produits d'une contrée entière;
Les flots d'une large rivière
A ma soif ne suffisent pas.
Aux fougueux aquilons mon souffle fait la guerre,
Mes longs mugissemens imitent le tonnerre;
Dans la sombre épaisseur des bois
Les chênes renversés attestent mon passage;
La terre, où tous mes pas impriment le ravage,
Me porte avec effort et fléchit sous le poids.
Il m'est facile de répondre,
Dit le phénix, à mon rival;
Un mot suffit pour le confondre;
Qui dit phénix, dit sans égal.
Ce nom vaut cent titres de gloire;
Mais ce qui doit sur-tout m'assurer la victoire,
C'est l'immortalité, don rare et précieux,
Que pour eux et pour moi réservèrent les Dieux.
Lorsque de rajeunir ma vie
Je sens approcher le moment,
J'élève sous le ciel de l'heureuse Arabie,
Un bûcher de bois odorant.
Aux rayons du soleil moi-même je l'allume,
Sa flamme pure me consume,

Et de ma cendre aussitôt je renais

Plus beau, plus brillant que jamais.'

Les plaidoyers finis, le Destin inflexible

Prononça sur le sort de ces fameux rivaux,

Et, voulant de la terre assurer le repos,

Il raya le mammout terrible

De la liste des animaux.

Il n'est plus, mais on trouve encore

Ses gigantesques ossemens

Que la rouille du temps dévore

Depuis plus de quatre mille ans.

Au phénix l'oracle suprême

Ordonna de rester solitaire à l'écart,

Loin de tout profane regard.

De la perfection on en a fait l'emblême,

On ne le trouve nulle part.

FABLE XLVIII.

Le Barbier babillard.

DANS une petite ville

Jadis vivoit un barbier,

Qui de celui de Séville

Se prétendoit l'héritier;

Mais dans un tel héritage
Si riche en verve , en gaîté ,
Jamais sot , en vérité ,
Ne fut admis au partage.
Celui-ci , chaque jour , de maison en maison
De contes, de caquets faisoit ample moisson.
Avoit-il , en courant, découvert quelque intrigue?
Le public dans une heure en étoit averti ,
Et de sa récolte prodigue ,
Il semoit aussi-tôt qu'il avoit recueilli.
Des bruits de toute espèce écho prompt et fidèle ,
C'est par lui qu'on savoit la première nouvelle
D'un mariage ou d'un duel ,
Le rendez-vous secret de madame une telle ,
Et ce qu'au jeu , le soir , perdoit monsieur un tel.
Les notables du lieu , greffier, maître d'école ,
Grands conteurs s'il en fût , lui cédoient à bon droit,
Et dans le café de l'endroit
Il avoit toujours la parole.
On le voyoit souvent entouré d'auditeurs
De sa faconde admirateurs ,
Sans faire trève au caquetage ,
Vaquer à son métier ; dans l'ardeur du débit
Il interrompoit son ouvrage , ,
Mais ne perdoit jamais le fil de son récit.

On conçoit aisément l'ennui du pauvre diable

Qui , n'étant rasé qu'à demi ,

Dans cet état de gêne étoit à la merci

De ce bavard impitoyable.

L'un d'eux moins patient lui dit : Écoute , ami ,

A tantôt , si tu veux m'en croire ,

Remets la fin de cette histoire ,

Ou , s'il n'est pas en ton pouvoir

De cesser de parler , abrège mon supplice ,

Et continuant ton office ,

Ensemble fais agir ta langue et ton rasoir.

FABLE XLIX.

La Gazelle.

GAZELLE au gentil corsage,

Disoit l'éléphant un jour,

Ne sois pas aussi sauvage

Et viens habiter ma cour.

4 *

Mais l'antilope * légère
Lui répond : Laisse-moi fuir,
O monarque débonnaire,
Je redoute ton visir.

Tout courtisan est perfide,
Tout satrape est orgueilleux;
Quand on est foible et timide,
On doit vivre éloigné d'eux.

A ces mots elle s'élance
D'un seul bond hors du taillis,
Et cherchant l'indépendance
Va dans un lointain pays.

Cette contrée inconnue
Qui doit remplir ses souhaits,
N'offre pourtant à sa vue
Qu'un effroyable marais.

De vénimeuses peuplades
S'y montrent de toutes parts,
Dans l'air sont des myriades
D'insectes armés de dards.

* Autre nom de la gazelle.

Ces ennemis redoutables
L'attaquent, et sur son flanc
Leurs bataillons innombrables
Viennent s'abreuver de sang.

Pour échapper à leur rage
Elle fuit, mais c'est en vain ;
Chaque lieu sur son passage
Vomit un nouvel essaim.

Le jour, la nuit harcelée,
Sans asile, sans repos,
La malheureuse exilée
Succombe enfin à ses maux.

On crie à la tyrannie
Sans cesse contre les grands ;
La multitude en furie
Est le pire des tyrans.

FABLE L.

L'Oison ambitieux.

Un oison habitoit un lac marécageux,
  Et là vivoit dans l'abondance ;
  Bain, promenade et subsistance,
  Il avoit tout pour être heureux.
Tout à la fois rameur, et pilote et navire,
  Il sillonnoit les flots bourbeux,
  Suivi du cortège nombreux
Des habitans ailés de l'aquatique empire.
  Il étoit bien, il voulut être mieux ;
  Ainsi font les ambitieux.
Vraiment, dit-il un jour, c'est une chose étrange
  De voir pinsons, chardonnerets,
Moineaux même s'ébattre en de rians bosquets,
  Quand je me traîne dans la fange.
Les eaux, la terre et l'air, au gré de mon désir,
  Peuvent me servir de demeure,
  Je suis le maître de choisir ;
De cette onde infectée éloignons-nous sur l'heure.

Il dit, abandonne les flots,
Et volant pesamment, dans le voisin bocage
S'abat au milieu des oiseaux
Dont il interrompt le ramage;
Veut sautiller comme eux de rameaux en rameaux,
Et Dieu sait avec quelle grâce;
Bientôt, estropié, meurtri,
Lassé, culbuté, l'étourdi
Tombe comme une lourde masse.
Ton orgueil te sera fatal,
Lui dit un vieux bouvreuil, l'ambition t'égare;
Tu barbotois fort bien, tu voltiges fort mal,
Mon ami, retourne à la mare.

FABLE LI.

Le Jardinier, la Cognée et la Serpe.

LA COGNÉE.

Jadis dans le verger tout trembloit devant moi,
Sans cesse on entendoit retentir la cognée;
Vile serpe, aujourd'hui l'on me laisse pour toi,
Dans un coin je languis oisive, abandonnée.

5

LA SERPE.

Quoi ! le repos d'autrui cause votre malheur !
Pour vous plaire, faut-il tout couper, tout détruire ?

LA COGNÉE.

Trop de ménagement peut nuire.

LA SERPE.

Et quelquefois trop de rigueur.

LA COGNÉE.

A quoi bon ces arbres stériles ?
Jardinier, jette à bas tout ce qui n'est pas sain.

LA SERPE.

Émonde les jets inutiles,
Jardinier, ne va pas dépeupler ton jardin.

LE JARDINIER.

Téméraires, silence ; est-ce à vous de débattre
Les intérêts du maître ? Il saura distinguer,
Sans vos vaines leçons, ce qu'il convient d'abattre
Et ce qu'il suffit d'élaguer.

FABLE LII.

La Sultane et la Rose.

Arbuste favori de la fière sultane,
    Et loin de tout regard profane,
    Cultivé par ses belles mains,
Le rosier du sérail parfume les jardins.
    Elle aime à voir ses fleurs nouvelles
Sortir des frais boutons, croître et s'épanouir,
    Mais sur les tiges maternelles
    Défend qu'on ose les cueillir.
Que de vulgaires fleurs étalent leur parure
    Dans le kiosque ou dans le salon ;
La rose, sans quitter son trône de verdure,
    Des doux zéphirs de ce canton
    Doit embaumer l'haleine pure
    Tout le temps de sa floraison.
    A-t-elle enfin perdu ses charmes
    Que le vent du sud a flétris ?
    On l'effeuille, et de ses débris
    L'alambic distille des larmes.

Un cristal précieux renferme le trésor
De l'essence odorante avec soin recueillie ;
Et tandis que l'hiver exerce sa furie,
  La sultane respire encor
  Le parfum de sa fleur chérie.

Tel, des objets aimés que nous avons perdus,
Le souvenir nous rend les attraits, les vertus.

FABLE LIII.

Le Fabricant de quinquets.

Un artiste venoit d'achever un quinquet
  D'une forme toute nouvelle.
D'invention, dit-il, j'obtiendrai le brevet,
On n'a jamais rien fait sur un pareil modèle.
  Créateur d'une œuvre aussi belle,
Il m'est permis d'avoir un peu de vanité.
  Avec quelle dextérité
J'arrondis le cristal en coupole élégante !
Ma colonne s'élève avec légèreté,
  De vernis et d'or éclatante.

J'ai laissé loin derrière moi
De mes rivaux la foule obscure,
En faisant un pareil emploi
De la sublime architecture.

Cet homme étoit fou, sur ma foi;
Mais quoi! de notre siècle il avoit le génie,
Confondre tout est sa manie,
Et son fatal niveau ne connoît point de loi.
Si la colonne et la coupole
Ornent la lampe d'un bourgeois,
Que réservez-vous donc, peuple vain et frivole,
Pour les temples de Dieu, pour les palais des Rois?

FABLE LIV.

Le plumage du Pigeon.

Un jour dans le cristal d'un limpide ruisseau
Se miroit un pigeon jeune et novice encore;
L'astre du jour venoit de remplacer l'aurore,
Et ses rayons perçant le feuillage nouveau
Des couleurs de l'iris embellissoient l'oiseau.
Quelle heureuse métamorphose !

Son plumage naguère obscur
Étincelle d'or et d'azur ;
Il n'en peut deviner la cause.
Follement glorieux d'un éclat emprunté ,
Il agite sa tête , il étale son aile ,
Penché sur le miroir fidèle
Pour mieux jouir de sa beauté.
Tout-à-coup un sombre nuage
Vient couvrir le soleil ; adieu le beau plumage.
Notre orgueilleux se mire une seconde fois ,
Et retrouvant alors sa véritable image ,
Il fuit et va cacher sa honte dans les bois.

* C'est ainsi qu'à mes vers de votre style aimable ,
Malvina , vous prêtez le charme sans pareil ;
Je suis le pigeon de la fable ,
Belle nymphe, et vous le soleil.

---

* Cette fable est imitée de l'italien et adressée à une
dame étrangère qui avoit traduit dans sa langue une des
fables de l'auteur.

~~~~~~

ÉPILOGUE.

Salut, ô reine des provinces,
Toi, jadis la terreur *, par un plus doux destin
    Aujourd'hui l'orgueil de nos princes ;
    Où le génie et le bon vin
    L'un et l'autre sont indigènes ;
Berceau de ces savans, de ces fils d'Apollon
    Dont les plages les plus lointaines
    Ont appris à dire le nom.
Là, naquit ce guerrier dont l'habile crayon
Traça les boulevards qui défendent la France,
Là, le Pline français, ici l'aigle de Meaux ;
    Démosthène, Eschyle et Térence
Ont, parmi tes enfans, trouvé d'heureux rivaux.
Oh ! si ma voix pouvoit, secondant mon délire,
    Former des sons harmonieux,
    Tels que ton climat les inspire,
    Dignes de toi, dignes des Dieux,

---

* Allusion au temps où les Ducs de Bourgogne faisoient
la guerre aux Rois de France.

Je te consacrerois ma lyre.
Mais de ce vol audacieux
Ma muse s'effarouche, un doux charme l'attire
Vers les héros d'Ésope : heureuse si jamais,
Sous le ciel des talens, à ses foibles essais
L'indulgence daigne sourire.

FIN.

TABLE.

Fin de la table.

www.ingramcontent.com/pod-product-compliance
Lightning Source LLC
Chambersburg PA
CBHW071115260626

47162CB00006B/2325